풍경이 다시 분주해진다

이 도서의 국립중앙도서관 출판예정도서목록(CIP)은 서지정보유통지원시스템 홈페이지(http://seoji.nl.go.kr)와 국가자료종합목록 구축시스템(http://kolis-net.nl.go.kr)에서 이용하실 수 있습니다. (CIP제어번호 : CIP2019045030)

풍경이 다시 분주해진다

이혜경 시집

30
시와정신시인선

■

시인의 말

고난을 짊어진 인간의 정서가 기억들을 자꾸만 만지작거립니다.
고난은 결핍의 모양을 통해 재생산되기도 하지요.

문장의 갈피 사이로 자신의 결핍을 비우고 채우는 순간
결핍은 평행을 이루고 있는 사물들을 연신 흔들어댑니다.
흔들리는 사물들을 통해 시인은 다양한 음색으로 욕망의 내력들을 써내려가기도 하지요.

나는 시를 통해 고난을 흔들고, 결핍을 흔들고, 욕망을 흔듭니다.
나는 시를 통해 새벽녘 불면증을 뒤로하고 사물들의 소리에 귀를 엽니다.
나는 시를 통해 무한의 세계를 탐닉하는 호사를 누리고 있습니다.

조금씩 멀어지는 삶속에서 뒤로한 시간보다 맞이할 시간이 더 많이 남아있는 걸까요?

내 삶에 마침표를 찍는 그 순간까지 시를 통한 나의 일탈은 계속될 것이며
그것은 존재의 가치를 찾아 헤매는 카타르시스의 추구입니다.

다양한 미학적 충돌을 여러 방향으로 보여주는 시인이고 싶습니다.

2019년 가을
이혜경

차 례

___ 제1부

___ 제2부

제3부

___ 제4부

제1부

고장난 자전거

나는 비로소
달리지 않아도 되는 자유를 누리고 있다
나를 목 놓아 그리던 무게도 촉감도
지나간 기억 속에 꿈틀거릴 뿐
피곤해도 쉴 수 없던 내 다리
비로소 자유로운 차디찬 인내력
날카로운 시간, 온몸에 새기며
줄타기하던 나의 이력은
아파트 담장에 빼곡히 진열된다
내 곁을 지키는 고상한 폐품들
가쁜 숨 몰아쉬던
뒤로한 꿈들을 이야기한다
내가 간절히 바라던 것들은
침묵의 저편으로 날개를 접고
나를 간절히 원하는 것들을 위해
온갖 무게를 잠재우며 달렸다
이제, 죽음을 향한 속도는
또 다른 삶을 꿈꾸기 위해 열려 있다
분주한 바람은 빛바랜 세월만 이야기할 뿐

내 위에 어떤 무게도 잠재우지 않는다
등줄기를 타고 출렁이는 고독의 물결
새로운 자유가 선택되는 순간이다
기울어지는 노을의 화려함 속으로
푸른 생을 적시는
다리 하나 부러진 내 육체
아직 마침표를 찍지 않은 시간이다

산그림자

따스한 햇살 등에 업고
산허리 휘어 감는 물줄기
산그림자 가득 미끄러진다
까르륵 깔깔 물장구치는 아이들의 웃음소리
시간의 길목에서 풀씨 되어 나풀 나풀
기억의 저편으로 사라져 버린 추억들
물안개 사이 또렷해지는 고향의 빛깔
긴 시간으로 그리움이 잠들 때쯤
지칠 줄 모르는 세찬 물소리, 바람소리
모두 하나 되는 어스름 녘
나는 이미 멀리 와 있고
산 그림자 아직 거기 그대로 있다

아직도 내겐 그날입니다

소나기 한차례 지나간 하늘
길 내어주는 구름떼
색색의 빛깔로 늘어뜨린
햇살의 눈부심 움켜쥐고
멧새 한 쌍 푸르륵 푸르륵

빛줄기 감아 돌며
바람 타고 흔들어대는
푸른 잎의 파닥거림
코끝을 타고 넘나드는
조각난 시간

하늘 가리던 먹구름
가슴 속 웅덩이
몽땅 쥐고 쏟아질 때
온몸이 우산이던
아버지의 비릿한 온기
빗방울 사이로 번진다

즐비하게 몰려가는 배롱나무 사이
꽃향기에 취해 까르르 깔깔
바람이 셔터를 분주하게 누르자
고스란히 풍경 되어 머릿속을 장식한
삶과 죽음의 간격으로 흐르는 시간

납골당 가는 길이 순간 흐릿하다

오래된 착각

배 위에 던져져 헐떡이는 물고기의 아가미처럼

그녀의 심장이 날개를 접었다 편다

가장 가까운 거리에서 쪽빛 메아리가 출렁이고

붉은 액체들의 무질서함은 내면 깊숙이 불규칙한 화음을 토해낸다

수많은 사연 품고 흐른 시간 속에 자신의 그림자를 지우고 사는 여자

언제부턴지 그 집에선 햇살이 눈을 감고

침묵하는 시간들이 사정거리 안에서 길들여졌다

남자는 모르는 척 축축한 상념 늘어놓고

세상의 푸르름에 병풍을 세운다

깊은 잠 속에서조차 책장을 넘기는 수험생 아들의
무거운 어깨

또 하나의 꽃을 피우기 위해 자신의 뿌리에 온 힘을
집중 시켜

체념의 빛깔로 채색되어지는 그녀의 푸른 꿈

건강검진, 퍼즐게임

세상이 들어와 요동치는 건강검진센터
어린 여자 아이가 벤치에 앉아 퍼즐게임을 하고 있다
어둠을 추격하듯 울려 퍼지는 박장대소와
태양을 밀봉하듯 오열하는 숨소리가 교차하는 퍼즐게임
수없이 찍어대던 발자국을 지우며 수많은 퍼즐들이
지나온 시간과 은밀한 동거를 진행 중이다
흑백 사진 속 갇혀있던 시간들이 걸어나온다
장례행렬 속에선 부모님이 계시고
낯익은 출입문엔
가슴을 도려내고 그림자를 등에 업은
언니의 창백한 모습이 걸쳐져 있다
차가운 각도를 그리며 길게 누운 복도 사이
똑같은 옷을 입은 사람들이 저마다 다른 향기로
꽁꽁 여민 사연들을 저울질한다
기억 속에 재생되어지는 퍼즐 조각들
시커먼 장대비를 몰고 바닥을 후드득 치더니
오늘따라 태양이 더욱 힘을 모아 창가를 비춘다며
또 하나의 공백 속으로 재배치를 시도한다

"3개월 후에 다시 오세요"

조금씩 자라는 희망을 다독이며
마지막 공백을 향하여 시간을 호흡하는
아직도 미완성인 퍼즐게임

오래된 숲

어둠 지고 서 있던 설해목(雪害木)
끝내 땅 위로 몸을 뉘었다
얇은 부름켜로 생을 길어 올리는 어린 나무 틈새
뒤로한 순간의 멈춤 속에 넘실대는 뿌리들
땅속 깊이 돌고 도는 왁자한 숨소리
나뭇가지 스치는 바람소리
숲 속을 떠도는 시냇물 따라
흙으로 돌아가는 나이테의 숨결
산수국, 참나리, 환한 웃음 메아리치고
아득하게 뻗어 있는 이 세상의 푸른 길들
또렷이 흔들리는 발자국 소리
들리지 않는 풍경 소리
숲 속엔, 하늘과 땅 사이
눈부신 떨림 삼키는 나무들 있어
빛과 어둠 한 몸에 지닌 채 오래 묵은 향기 뿜어낸다.

출렁다리

칠갑산 천장호 위로
하늘그림자가 떨어져 내린다
시간이 만들어준 기억 속으로
출렁다리가 출렁 출렁 그리움을 흔든다
한없이 갸우뚱 흔들리다가
삐그덕 삑삑 몸의 균형이 깨지면
사람들의 마음도 금강 상류도 모두 갸우뚱 중심을 잃는다
물에 쓸려 속살을 드러낸 산허리가 수줍어 웃으니
물고기 떼가 장단을 맞추며 꼬리를 흔든다
흔들리는 삶을 붙잡기 위해
지나가는 아저씨 엉덩이도 갸우뚱 갸우뚱
할머니 엉덩이도 갸우뚱 갸우뚱
그래 그렇게 흔들리다가 중심을 잃었으면
그래 그렇게 삐그덕거리다가 무너져 버렸으면
중심을 잃은 소나무가 고개를 휘젔고
무너져 버린 심장소리가 구름을 부르니
출렁다리는 서둘러 두 다리에 힘을 모으네

겨울산

숲이 욕망의 역사를 잠시 내려놓자
꽃들의 추억과 나무들의 기억을 더듬으며
낙엽들이 차곡차곡 몸을 뉘었다
오늘따라 짙푸른
저 하늘 위로 바람이 기지개를 펴니
남으로 북으로 앞 다투어 사라지는 시간의 흔적들
기억의 집에 숨어
새로운 탄생을 기약하는 우리의 욕망은
시간의 끝자락에서
웃음도 술잔도 모두 비우고 묵은 한해를 마무리한다
나무들은
한동안의 침묵으로 뿌리에 온 힘을 집중시킨다
하얀 눈 속에 소곤소곤
살아있는 것들의 변주곡
겨울산의 묵시가 예사롭지 않다

유혹

어느 틈새로 침입을 했는지
돌고 또 돌고
다시 제자리에 무늬를 남기며
하얀 나방이 난다

쓰다만 원고를 자리에 놓고
벌떡 일어나 창문을 여니
구름 속에 감금된 태양이
아름다운 고요를 채색 중이다

나방이 창밖으로 달아나자
풍경이 다시 분주해진다

어느새 내 그림자는
가을바람을 칭칭 동여매고
코스모스 길을 걷는다

골목 이야기

지하 단칸방
겨우내 시름시름 앓던 산세비에리아
길에 내어 짱짱한 봄 햇살 들이는데
누구의 궁핍한 손길인지
청잣빛 화분 없어지고
뿌리는 하늘 향해 치솟아 있다
버려진 마지막 삶 속에서
고통의 전류가 감지되는 것은
나의 오만일까 착각일까
아들의 사업자금 전 재산 내어주고
골목 뒤꿈치를 더듬으며
중풍의 무게를 세고 있는
여든 할머니의 축 늘어진 볼 살처럼
꿈마저 송두리째 뽑혀 누워있는 산세비에리아
제 살 속에 피를 말려 한잎 두잎
초록의 꿈을 심던 시간의 내력들을 움켜쥐고
봄볕 찰랑이는 골목에 누워 함박웃음이다

이 골목에선 언제나 검버섯 같은 시간들이
꾸벅 꾸벅 졸곤 한다

제야의 종소리

입 꽉 다문 겨울 산의 묵시가
윙윙거리는 종소리를 등에 업고 아우성이다
차마 버릴 수 없는 시간들이
기억 속에 대롱대롱 매달려 아우성이다
시와 소설이 넘쳐난다며 겨울바람이 소곤거리자
우리의 생이 자꾸만 자꾸만 삐그덕거린다
실 같은 상처 사이로 종소리가 흐느적거린다
허공 속에 손을 흔드는 반성과 고뇌의 오래된 기억
새해의 태양이 준비운동으로 분주해지기 시작했다
마음을 가로채며 이제 곧, 부딪치는 시간들이 새로워지리라

복수초

여린 살갗 뚫고
무수히 박혀 있는
얼음꽃

뿌리 속
흔들리는 열망
따스함에 대한
목마름

어둠의 저 끝에
피어난
가슴속 쪽빛 메아리

제2부

조팝나무

매서운 바람
안으로 안으로 꽁꽁 여미며
몸뚱이만 남아
흔들리던 조팝나무

겨우내
응어리진 가슴 풀어 헤치고
봄 햇살이 그려놓은 시간 속으로
두 다리에 힘을 모은다

추운 겨울날의 기억을
하늘정원에 가두려고
찬바람 슬며시 주머니에 구겨 넣고

흰 구름처럼 방긋
꽃잎은 힘차게 고개를 흔든다

봄은, 여전히 치유이고 희망이다

아직도 내겐 늘 그날입니다

어제와 같은 오늘
오늘과 같은 내일

내가 웃고 있나요
광대의 눈을 가진 그림자를 쫓으며

내가 울고 있나요
꽃망울의 웃음소리
새들의 노랫소리
다 모아놓고

시간이 만들어 놓은
추억의 다리 위를
돌고 또 돌면
발바닥의 기억이 없어질까요

세상에서 가장 차가운 바람이
가장 날카로운 소리로
내 작은 심장 위에

아버지의 초상화를
그려 놓았어요

아직도 내겐 늘 그날입니다

휘청거리는 블라인드

열린 창문 사이
찬바람 움켜진 어두운 육체
차가운 벽을 때린다

타닥 탁탁탁, 호흡인 듯 경련인 듯

온몸 뒤틀며 칭칭 감기는 차디찬 인내력
하얀 페인트 사이
그녀의 내력이 날카롭게 꽂힌다

터덕 턱턱턱, 외침인 듯 반란인 듯

경계의 기억으로 검은 멍이 스민다
감금당한 별도 달도 붉은 광기도
불규칙한 심장 위로 그림자를 얹는다
차가운 대못에 갇혀
언제나 바람을 동반해야만 하는
그녀의 조각난 자유
유리창만한 세상 밖으로 흔들리는 초원

일상으로 잠적해 버리는 숙명을 끌어안고
체념의 빛깔로 창문이 닫히면
바람은 조용히 빛바랜 신발 벗어 놓는다
가슴 한쪽으로 찬바람이 쏠린다
휘청거린다
잠자는 현실을 밀어내는 야생의 빛깔

네비게이션

목적지를 입력했어요
태양으로부터 점점 멀어지네요
칠흑같은 어둠과 안개 속에서
그 누구보다 빨리 희망을 지워버렸어요
언제나 한결같은 거울의 오만함과
위아래도 없는 시간의 권력 따윈
스쳐가는 바람의 곡선 속으로 던져버렸어요
오늘도 어김없이 떠들어대는
그녀의 자음과 모음은
넓은 세상을 하염없이 찾아 헤매야 하는
숙명을 버리라고 해요
아파트 9층 베란다 아래선
죽음의 그림자가
세상에서 가장 겸허한 자세로 양손을 벌리곤 하죠
화려한 명함이 번지 점프를 시도하는 동안
차마 못다한 생각들이 저승 문턱에서 서성이네요
삶이 죽음을 껴안고 놓아주지 않으려고
아이들의 웃음소리를 지천에 뿌렸어요

"경로를 이탈하였습니다"
"안전 운전하세요"

졸음운전

머릿속은 서서히
칠흑 같은 어둠 달려들기 시작했다
차갑게 내리치는 어둠의 칼날
쌩 쌩 소리 내는 백색의 영혼들
잡힐 것 같지 않은 저것들
차디찬 웃음 스쳐간다
혈투 끝에 흔들리는
주름진 문
문 속에서 용솟음치는
끝없는 내일
쇳소리, 바람소리
빛 속을 가르는 울부짖음
삐그덕거리는 틈 사이로
어둠 저미며 달리는 무한 질주

자전(自傳)

아침이 먼 곳에서 기지개를 편다
바람이 태양으로부터 점점 멀어진다
별들이 오래된 기억들을 지워버리고
삶의 언저리를 자꾸만 자꾸만 움켜쥔다

아침이 먼 곳에서 손을 흔든다
낙과처럼 그녀의 웃음이 흔들린다
동그란 달이 시간의 그림자를 붙잡고
뾰족한 산 그림자 위에서 춤을 추기 시작한다

삶과 죽음의 변주곡이
끝없이 펼쳐지는 파도 소리와 함께
한겹 한겹 물무늬를 남긴다

이제 꽃 지고 노을마저 흔들리니
가을 낙엽들이 서걱 서걱
시간의 흔적들을 움켜쥐고 사라진다

결국, 하나의 호흡법으로 그녀는 눈을 뜬다

가을 산행

초침의 떨림 위로 눌러앉은 오후
구름에 가린 태양은 붉은 화장을 지우며
또 하나의 시간 속에 노을을 뿌린다
계룡산 정상에서 흔들리는 붉은 낙엽
고요 속에 풍덩, 균형을 잃고 쓰러진다
꾹꾹 눌러 토닥 토닥 다지던 검은 기억
캄캄한 머릿속에 일제히 재배치된다
차가운 심장의 떨림 부추기는
요란한 종소리 이리 뛰고 저리 뛴다
때론 빗속에 울부짖는 암고양이처럼
때론 세차게 몰아치는 성난 파도처럼
가끔 공중분해 시도하는 그 소리 움켜쥐고
계룡산 산허리를 밟고 또 밟는다
수없이 쌓였을 발자국 위로
버리고 버리고 또 버려도
쉼 없이 이어지는 소리, 소리들
계룡산 풀들에게 속삭인 종소리
가만히 가슴속에 똬리를 트는 소리

산 중턱 깊이깊이 묻어둔 소리
어느새 집안까지 쫓아온 소리

다단계

푸른 신호등 안엔 다가올 시간들이 벌떡거린다
설마 하는 의심일랑
곰삭은 매실주 속에 푹 집어넣은 순애 언니
따스한 햇살 힘껏 낚아채고 함박웃음이다
신들린 혓바닥 위에서 확성기가 춤을 추니
고장난 주머니들이 줄을 서기 시작한다
절망과 희망을 붙잡고 줄다리기하던 옆집 아저씨
다가온 시간 얼싸안고 골목길을 걷는다
뒷짐 지고 서 있던 뭉퉁 뭉퉁 단단해진 손가락들
자세를 교정해야 한다고 외치며
온 동네, 치열하게 사는 빈손들을 불러 모은다
사람들의 뒤틀린 등뼈 사이로
푸른 꿈을 채우는 혹은 비우는
줄 서는 소리가 분주해진다

겨울바다

파도야
새치 혀 보다 현란한 언론의 폭력과
광대들의 웃음소리를 잠재워 주려무나

파도야
뱃고동 소리 새벽을 열듯
사랑과 진실의 문을 열어 주려무나

파도야
내리는 흰 눈이 바다 위로 살포시 내려앉듯
그들의 함성과 분노를 감싸 주려무나

파도야
부지런한 어부들의 따스한 숨결로
더불어 사는 세상
삶을 살찌우는 세상을 위해
우리의 조국애를 일으켜 주려무나

바퀴

달리고 있었다
눌리는 현기증에 명치끝 아려 와도
소리에 귀 기울이며
혼돈에 온몸 요동을 친다
수없이 헝클어진 내 안의 뿌리
끝없이 달렸지만
난, 그 안에 있었다

소리치고 있었다
가슴속 핏덩이가
무게 되어 달려와도
인내의 쓰라림으로
구석구석 채찍질하며
내 안에 쏟아지는 빗줄기
끝없이 소리쳐도
난, 그 안에 있었다

어둠 이고 달리는 욕망의 내력들

조그만 사랑

오늘 차디찬 보도블록 위에서 만난
너는 막 터트린 꽃술의 꽃가루 같고
너무 향긋해
코가 뒤집어지는 것 같고

아니 번쩍이는 물고기 같고
물이 출렁이는 폭포수 같고
혹은 깊은 밤
문득 변하는 바람소리 같고

과속 카메라

욕망이 꿈틀대는 아스팔트 위를 과속 카메라가 검열 중이다

지상에선 들리지 않는 은밀한 속도로 수많은 사연들이 이동 중이다

뾰족한 호기심을 꾹꾹 누르며 곪아 버린 상처들이 브레이크를 밟는다

누르면 누를수록 더욱 날카로워지는 호기심도 있어 가끔

그림 몇 개를 그려놓고 사라지기도 한다

죽음을 향한 속도는 지칠 줄 모르고 희망을 향한 속도는 바람에 휘청인다

어떤 이는 속도의 무게를 온몸에 새기며 가속 페달을 밟는다

시간에 찌든 다양한 사연들이 과속 카메라에 포착

된다

찰칵

알 수 없는 경고음이 사람들의 양손을 결박하고 사라진다

과속 카메라를 의식하는 사람들은

조용히, 살며시, 브레이크를 밟는다

제3부

침묵

긴 이야기를 간직하던 설해목(雪害木)
끝내 땅 위로 몸을 뉘었다
숲 속을 떠도는 시냇물 따라
흙으로 돌아가는 수많은 진실들
땅속 깊이 돌고 도는 겨울 산의 침묵 속에
봄바람이 살며시 고개를 내민다
빛과 어둠 한 몸에 지닌 채
생을 길어 올려야만 하는 푸른 새싹들
그들의 아우성이 나뭇가지를 흔들고
그들의 아우성이 온 산에 메아리친다
아득하게 뻗어 있는 시간의 무덤 속으로
수선화의 환한 웃음이 고개를 숙인다
우리의 가슴속에 온종일 메아리치는
태극기의 함성
그녀의 진실과 사랑은
겨울 산의 침묵 속에 갇혀 버렸다

산수유나무

겨우내
모든 시선을 지우고
아파트 담장에 기대어
숨결을 잠재우던 고사목
봄바람이 손사래를 치며
나뭇가지를 흔들자
시커먼 밑둥에 파란 싹 하나가
고개를 내민다
어둠을 머리에 이고 누우니
노란 꽃의 추억이 그리웠을까
수런거리는 봄비가 반가웠을까
파란 싹의 아우성이
집안까지 쫓아와
내 마음에 앉는다

아버지

아버지의 중절모가 나를 보고 웃었다
누렇게 변한 염색약 자국에 코끝이 찡하다

아버지의 시계가 나를 부른다
생생한 시간들이 갈피 속에 누워 있다

아버지의 은반지가 나를 가둔다
검게 변해 퇴색된 은빛 추억

조금씩 사라지는 삶들이
오래된 기억을
버리고 잘라내도
언제나 빼곡히 채워지는

사랑 그리고 그리움

문예창작학과

3월이면
새로운 별들이 뜨고
올곧은 비판의식이
은하수를 이룬다
갈매기 소리를 붙잡고
술잔을 바다 속에 담그고
사라진 것들과 공존하며
세상의 무게와 깊이를 잰다
불면의 밤은 균열의 소리가 되어
현실을 노래하고
빗줄기 사이로 보이는 빈틈엔
아주 오래전부터
수많은 이야기가 맴돈다
검은 모래에 누워
커다란 별 하나를 하염없이 바라보는
희미한 별들의 속삭임

깊이를 알 수 없는

꿈꿈꿈

구름

그의 모습은
기억 속에서만 존재한다
그는 가끔 현실이고 어둠이었다
바람이 그의 모습을 지우니
점점 희미하게 사라지는 기억처럼
그가 머물다 간 자리가 사라진다
휘몰아치던 파도소리를 온몸에 새기고
달빛 깔고 앉아 마주 보던 눈빛들
수많은 그의 모습들이
오늘도 모두의 기억 속에서
또, 그렇게 사라진다

새벽

바닥의 깊이를 재고
소리의 무게를 더듬으며
불면의 밤이 고개를 넘는다
8월의 태양이 조금씩
어둠을 정복하려 하자
차가운 고요가 하얀 안개를 밀어내며
또 다른 내력들을 준비한다
하나 둘 고개를 내미는
잠들어 버린 시간들
아침이슬 사이로 비치는
열정 혹은 그리움

벌초

베어진 풀들의 짙은 향내가 지독한 가을 냄새를 잠시 밀어 낸다

차가운 소주잔 안에는 가을바람이 숨죽이고 앉아 있다

불면의 밤들이 뒤엉킨 내력을 아버지께 고하고 내 품에 전해오는 서늘한 기운들을 이실직고한다

더 뺄 것도 더 더할 것도 없다며 아버지의 빈손이 허공에 매달린다

24시 심전도에도 나오지 않는 나의 부패한 심장소리는 불치병이 되어 아버지의 손을 바라만 본다

가을 숲에 갇힌 코스모스는 승천을 준비하고 산 그림자는 또 다른 내력들을 준비 중이다

마음 하나를 내려놓으니 꽃잎을 흔들던 가을바람이

슬며시 내 얼굴을 건드리고 간다

찐만두를 좋아하는 여자

새벽 2시의 변주곡이 끝나갈 무렵
차가운 냉기 털어내며
집안으로 들어오는 사내
모래언덕 위로 계단을 쌓고
지독한 땀 냄새를 허공에 채우며
누런 종이 봉지를 바닥에 내려놓는다
숨죽이던 만두의 고소한 향내 삐죽거린다
도시의 화려함에 심장이 타들어간다며
머릿속을 영하의 날씨로 재배치시키던 그는
몸을 구부려 세상을 게워내고
출발점도 종착역도 없는 꿈속을
드르렁 드르렁 클랙슨을 울리며 달린다
며칠째 쌓아놓은 검은 달빛 위로
차곡차곡 쌓이는 고소한 향내

낙엽비

승용차 안에서 잠이 든 사이

빗방울 소리에 놀란 낙엽들이

유리창 위를 붉게 덮어 버렸다

깜짝 놀라 브러쉬를 휘두르니

낙엽들이 휘청거리며 지상으로 내려온다

태양의 입맞춤을 가슴에 묻고

꽁꽁 여민 시간들이 푸른 심연을 흔든다

내 마음을 차 속에 조용히 내려놓고

낙엽들의 기억을 더듬어본다

평창 올림픽

하늘과 땅이 맞닿아
눈과 얼음 위에 펼쳐지는
뜨거운 땀과 열정

새로운 지평을 그리며
지구촌 사람들의 함성소리
열린 세상으로 돌진한다

하나 된 열정
하나 된 스피드
하나 된 피와 땀

선수들의 간절함이
커다란 파도 되어 휘몰아치고
한반도의 태풍의 눈은 잠시
무게를 내려놓고 심호흡이다

태백산 고개 고개 이름 모를 새들아

붉은 태양 꿈틀대는 평창의 여명 속에
자유민주주의를 영원히 노래하렴

첫눈

차가운 냉기가 어둠을 모으고
흰눈이 조용히 펑펑 쏟아진다
침묵을 품고 순백의 모습으로
메타세콰이어가 우뚝 서 있다
길을 알 수 없는 생각들이
내면으로 스며든다
쓰다만 문장들이 하얗게 사라진다
눈 내리는 소리에 귀를 연다
생각을 지우고 두 손을 모으니
온 세상이 하얗게 가슴까지 스민다
아주 조용히
메타세콰이어와 하나가 된다

제4부

태풍 북상

아침이 되자 태양은 시침 뚝 떼고 방긋거린다

자리를 지키던 배롱나무는 뿌리가 하늘 향해 흔들거린다

묶여져 있던 마음들은 세찬 비바람에 산과 강을 넘나들었다

거대한 나무는 더욱 거대한 소리로 존재를 확인시키고

모든 것이 포맷된 아침은 통곡의 소리를 집어 삼켰다

또 다른 소리가 밀려오고 있다

봄비

벚꽃 지는 소리에
하얀 꿈이 쌓이고

목련 지는 소리에
노을이 지네

빗방울 사이로 부는 바람이
여름을 재촉하니

두 눈에
푸른 세상이
화들짝 들어오네

감나무의 이력

감나무 하나가 속이 텅 비어 하늘만 쳐다본다

노란 감들이 주렁주렁 매달리던 추억이

저녁노을 속으로 조용히 걸어들어갔다

해마다 줄어드는 감의 개수와

상처만큼 맑고 깊은 영혼의 소리에도 우리는

지구의 자전축을 따라 흔들리는 바람만 만지작거렸다

그녀가 결혼 기념으로 시골 앞마당에 심었다는 감나무엔

더 이상 까치의 울음소리가 들리지 않는다

이제 증조 할머니 소리를 듣는 그녀는

시커먼 거죽을 칭칭 감고 누워 있는 감나무 앞에 서

있다

낡고 깊은 울음 속으로

감나무 같은 그녀의 이력이 분주하게 사라지기 시작했다

7월 어느 날

태양의 힘으로 나무들의 숨소리가 뜨겁다

매미 소리가 잡념을 붙잡고 사라진다

창밖의 늙은 나뭇가지가

두근두근 두 손을 내밀며 함박웃음이다

이제 곧 꽃들은 낙화를 시작하고

배롱나무는 붉은 옷을 걸치고 두근거릴 것이다

풍경의 삶은 지루하지 않게 스치고 지나갔다

풍경(風磬)

바람이 난간에 매달려 풍경을 바라본다

속을 다 비우고 조용히 흔들린다

딱딱한 기억을 흔들며 묵언 수행 중이다

풍경의 본능은 흔들리는 것일까

침묵

해지는 소리가 조용히 들려왔다

도시의 불빛이 빠르게 흘러갔다

기도하는 마음속엔 수많은 발자국이 뚜벅거린다

걸어가 괜찮아 그렇게 조용히

고단한 하루가 몸을 뉘었다

침묵 속에 울림이 더욱 시리다

너무 어려워

그 사람의 기억은
투명한 창문처럼 너무 어려워
반성을 밀어내며 달빛 속에 구덩이를 파곤 하지

사람이, 사람이 되는 기억은 너무 어려워
기억으로 포장되어진 순간들은 언제나
하나의 문을 향해 노크를 하지

나비는 차가운 철조망에 부딪쳐 날개 하나를 잃었지

선과 악의 경계에 서 있는 생각들은 너무 어려워

살아있는 모든 것들이 간직한 것들은 너무 어려워

가방

노트를 넣고

만년필을 넣었는데

가볍네요

아~~~~

그대의 마음을 가져가고

싶었나 봐요

태풍 '링링'

입산금지라고 씌어 있네요

'금지' 가 바뀌면 '지금' 인가요

자음과 모음이 화를 낼까요

끝도 없는 산행을 시작한다면

하염없이 늘어지는 팔 다리가 화를 낼까요

검은 바람으로 끓어오르는 산기슭에다

나를 버리면 재활용이 가능할까요

가을 태풍이 최악이라죠

최악은 바다에 떨어진 달콤한 열매

안전수칙으로 피해를 최소화해야 한다는 상식은

뜨거운 내 심장을 가장 빠르게 파먹고 있어요

불면의 밤은 오늘도 가장 차가운 번개를 동반하지요

소리

소리를 지르며 목 놓아 울어본 적이 있다

방 안은 어둠이고 우울이고 기억이었다

울음의 음파를 손에 쥔 벽들은

블랙홀처럼 깊게 파인 심장 한쪽으로

깨진 소리들을 집어넣었다

꽃들은 까르르르 다투어 피고 지고

별들은 봄바람 머금은 사람들을 좇아다니고

모래 언덕을 가슴에 품고 사는 사람들의 기억 속엔

주파수가 맞지 않는 소리들이 우글거린다

알람 행진곡

나는 나를 믿을 수가 없어요
언제나 가장 뒤틀린 심장으로
언제나 가장 자유로운 좌뇌와 우뇌로
새하얀 꿈을 꾸며 알라딘의 램프를 만지작거려요

나는 나를 믿을 수가 없어요
방황하는 기억들이 어둠을 손에 쥐고 흔들면
언젠가 건네던 수많은 낙서들이 줄서기해요

나는 나를 믿을 수가 없어요
시계 위를 걸어가던 판단들이
술 취한 행인처럼 비틀거려요

알람이 울리는 순간에 기대어
몽롱한 사연들이 눈을 뜨지요

■

시인의 시론

그녀의 푸른 꿈

이혜경

책상 정리를 하다가 책갈피에 꽂혀있는 빛바랜 은행잎을 발견했다. 먼 추억이 산산이 부서질까 두려워, 바싹 마른 은행잎을 조심스레 바라본다.

시를 처음 접하고 제멋에 겨워 열심히 습작을 시작했던 흔적들이 여기 저기 남아있다. 창작의 깊이가 미숙했던 그때의 추억이 또 하나의 그리움으로 다가오는 것은 추억이라는 이름의 아련함 때문일까? 은행잎에 얽힌 추억들이 새삼 새롭다.

'시의 소리' 라고 쓰여 있는 은행잎을 책에서 떼어내자 소리 없이 반으로 분리가 되고야 말았다. 빛바랜 은행잎의 역사에는 어느새 13년의 세월이 오롯이 앉아있다.

시에 대한 열정을 의식 밑바닥으로 밀어 버리고 싶었던 순간들이 머릿속을 거닐다 사라진다.

시는, 매 순간, 과거 속으로 사라지는 시간들을 재단하고 분석하고 재해석한다. 내 시에 책임을 싣기 위한 준비가 필요하리라,

완성에 이르는 첫 번째 작업은 시작이고 죽음에 이르는 첫 번째 징후는 탄생이다. 시는 이러한 시작과 완성 탄생과 죽음을 표현하고 아파하고 존재의 가치를 찾아 헤맨다.

그 누군가가 외로운 자들은 소리에 민감하다고 했던가, 블랙홀 같은 심연의 사연들을 소리로서 느끼고 소리로서 표현하는 나에게 소리는 한이고 인내이다.

나의 삶 속에는 큰 호흡으로 가슴을 쓸어내리는 일이 습관처럼 되어 버린 때가 있었다. 이러한 고난은 시적 상상력을 통해 발현 되었다.

상상력이란 것은 인지능력 즉 경험을 통과했을 때 더욱 빛을 발하게 되는 것이다. 나의 상상력은 내가 어쩌지 못하는 숙명의 굴레 속에서 돌고 도는 그림들이 되어 시 속에서 책갈피처럼 존재한다.

산골에서 태어난 아이는 산에서 뜨는 해를 바라보며 해가 산에서 뜬다고 생각하고 갯가에서 자란 아이는 해가 바다에서 뜬다고 생각한다. 이러한 인식의 눈과 표상능력은 감각적 자극을 통하여 정서적 반응을 일

으키게 되는데 잊어버리려 하였으나 잊히지 않는 이별이라든지 사랑 등이 있다면 그것은 정서의 경지요 순간적인 감각으로 시로써 표현하지 않고서는 견디기 힘들 것이다.

시인은 삶의 긍정적인 의미 부여를 위하여 또는 고통의 통찰을 위하여 인간에게 카타르시스를 안겨준 시의 노래를 더욱 찬란하게 꽃 피우고 싶어한다.

창작의 고통은 어느덧 가슴속 커다란 무게 위에 눌러 앉아 팽팽히 긴장하기 시작한다.

몽파르나스의 보들레르 무덤 앞에 서 있는 것처럼 죽은 자의 이야기가 들리는 듯하다.

이제 곧 많은 사연들로 얼룩진 세월의 톱니바퀴 속에 또 다른 한해가 시작될 것이다.

숨이 뜨거웠던 역사를 내려놓고 숨 고르기를 시작했다.

고난과 욕망을 깨우며 누군가의 심장을 연신 흔들어 대는 그런 시를 쓰고 싶다.

이번 시집이 시의 먼 길을 재촉하는 계기가 되기에 충분하리라~~

내가 추구하는 완전한 자아 건강한 자아는 시 창작을 통해 이루어지고 완성될 것입니다.

한 치 앞도 모르는 이 세상 앞에 우뚝 서 있는 수많은 만남과 이별들에게 내 시의 지향점은 희망이라고 명명하고 싶다.

■

해설

인내, 다스림, 그리고 희망의 정서
- 이혜경의 제1시집

송기한(문학평론가, 대전대 교수)

1. 좌절된 기억과 존재의 아픔

이혜경의 시들에는 아픔과 슬픔의 정서가 녹아들어가 있고, 존재에 대한 끝없는 불안의식이 내재되어 있다. 그의 시들을 읽는 것은 편편치가 않으며, 작품 속에 내재된 정서와 함께 할 때에는 그 정서가 독자의 마음에 그대로 스며들어오기도 한다. 정서의 공감대가 빠르게 형성될 수 있다는 것은 그만큼 그의 시들이 보편의 영역에서 만들어지고 있다는 뜻도 될 것이다. 시인은 자신의 시적 체험을 개인적인 것으로 한정하지 않고 이를 보다 더 큰 보편의 영역으로 확대시킬 줄도

아는 까닭이다. 그런 정서의 공유가 그의 시들을 보다 넓은 영역에서 형성되게끔 만들어준다.

시인이 지금 서 있는 자리는 그 자신이 걸어온 시간의 역사가 만들어낸 것이다. 거기에다가 개인의 체험이 덧씌워짐으로써 이 시인만의 고유한 서정의 장을 형성하고 있었던 것이다. 하지만 시인이 경험해온 과거는 여타 개인들이 체험한 것과는 사뭇 다른 것처럼 보인다. 그것이 시인의 작품 세계를 형성하는 서정의 샘이었던 것이고, 시인은 이 샘에서 길어 올려진 에너지를 자신만의 언어로 덧씌워 그의 작품을 만들어내고 있었던 것이다.

그러한 샘에서 가장 많이 건져지고 있는 것 가운데 하나가 아버지에 대한 정서들이다. 시인의 시와 아버지의 관계는 외디푸스 콤플렉스의 반대편에 놓인, 엘렉트라 콤플렉스와 어느 정도 관련이 있는 것인지 모른다. 하지만 아버지와의 관계 속에서 만들어지는 타자의 존재, 곧 어머니의 모습이 거의 등장하지 않는다는 점에서 이를 엘렉트라 콤플렉스의 관점으로 한정시키는 것은 무리가 있다고 할 수 있다. 따라서 그의 작품 세계에서 등장하는 아버지의 상은 어쩌면 철저히 경험적인 영역에서 오는 것이 아닌가 한다. 시인의 존재 자체를 규정해왔던 결정적 요인 가운데 하나가 아버지였기 때문이다. 이런 판단의 기준은 이번에 펼쳐 보이는 시집에서 아버지의 상이 여러 각도에서 조명되고, 묘사되고 있다는 점에서 그러하다.

소나기 한차례 지나간 하늘
길 내어주는 구름떼
색색의 빛깔로 늘어뜨린
햇살의 눈부심 움켜쥐고
멧새 한 쌍 푸르륵 푸르륵

빛줄기 감아 돌며
바람 타고 흔들어대는
푸른 잎의 파닥거림
코끝을 타고 넘나드는
조각난 시간

하늘 가리던 먹구름
가슴 속 웅덩이
몽땅 쥐고 쏟아질 때
온몸이 우산이던
아버지의 비릿한 온기
빗방울 사이로 번진다

즐비하게 몰려가는 배롱나무 사이
꽃향기에 취해 까르르 깔깔
바람이 셔터를 분주하게 누르자
고스란히 풍경 되어 머릿속을 장식한
삶과 죽음의 간격으로 흐르는 시간

납골당 가는 길이 순간 흐릿하다

-「아직도 내겐 그날입니다」 전문

작품을 읽어보면 알 수 있는 것처럼, 현재의 아버지는 부재한다. 그는 시인의 곁을 떠났고, 시인은 아버지를 찾아 그가 잠들어 있는 납골당으로 향한다. 그러나 제목에 드러난 바와 같이 아버지의 마지막은 결코 끝이 아니다. "아직도 내겐 그날"이라는 말에서 알 수 있듯이 아버지는 현재에도 여전히 시인의 사유 속에 굳건히 자리하고 있기 때문이다.

아버지의 그림자가 시인의 정서 속에 이렇게 깊이 드리워져 있다면, 아버지는 시인에게 무언가 특별한 존재였을 것이다. 하기야 어느 아버지가 자식에게 특별하지 않은 경우는 없겠지만, 시인에게 아버지는 무척 색다른 존재였던 것으로 이해된다. 그 비밀의 열쇠는 이 작품의 3연에 나타나 있다. 아버지는 시인에게 "온몸이 우산이던" 존재였기 때문이다. "하늘을 가리는 먹구름"이나 그 비가 "가슴 속 웅덩이/몽땅 쥐고 쏟아질 때"와 같은, 시인의 존재성을 위협하는 온갖 험로로부터 아버지는 시인을 지켜주는 울타리 같은 역할을 해주었다. 그런 아버지였기에 그는 시인에게 매우 특별한 존재였던 것이 아닐까 한다.

실상 시인은 그런 아버지의 존재로부터 쉽게 벗어나

지도 못하고, 언제나 가슴 속에 품은 채 살아가고 있다. 시인의 주변을 맴돌면서 그는 언제나 오버랩된다. 어떤 때는 그 아버지가 중절모로 변이되어 시인에게 웃고 있거나 그가 차고 있었던 시계 속에서 자아의 모습을 환기하기도 하는 것이다(「아버지」). 뿐만 아니라 "불면의 밤이 괴롭히는" 실존의 고통에 갇혀 고민할 때에도 이를 "아버지에게 고"하면서 애원하기도 한다(「벌초」). 이렇듯 아버지는 시인의 정서와 겹쳐지면서 전일적 동일성으로 함께 나아갈 정도로 시인에게 애틋하게 자리하고 있는 것이다.

아버지가 이 시인의 시세계를 형성하는 한 축임은 분명하다. 그러나 아버지는 애틋한 그리움의 대상 가운데 하나일 뿐 그것이 시인의 시를 이끌어가는 전부라고 단언하기는 어려운 측면이 있다. 시인의 시들은 아버지에 대한 그리움을 한 축으로 하면서도 그에 대한 그리움을 불러일으키게 한 정서적 호소, 곧 실존에 대한 고통 또한 분명히 자리하고 있기 때문이다. 아버지는 실존의 고통과, 경험의 어두운 지대 저편에 놓인, 어쩌면 유토피아적 대상일지도 모르겠다. 중요한 것은 아버지에 대한 그런 자의식을 환기하게끔 한 서정적 진실일 것이다. 서정시가 자아와 세계 사이에 놓인 거리, 그 화해할 수 없는 불화 속에서 만들어지는 것이기에 서정이 생성되는 계기, 곧 서정의 입구가 만들어지는 계기가 무엇인지가 중요하지 않을 수 없다. 어쩌면 이에 대한 응답이 이번에 상재하는 이 시인의 주제의식일 것이다.

우선, 아버지의 부재에 따른 좌절의 정서와, 존재 자체가 느끼는 불완전성이 이혜경 시인에게는 동전의 양면과 같은 것이 아닌가 생각된다. 근대 이후 인간에게 주어졌던 영원성에 대한 감각 상실과, 그에 대한 조율의 과정이 여타의 시인처럼 이 시인에게 뚜렷하게 제시되지는 않는다. 뿐만 아니라 자아와 세계 사이에 놓인 거리가 어떤 것에서 오는 것인지도 명쾌하게 드러나 있지 않다. 그럼에도 시인이 갖고 있는 자아와 세계 사이의 거리는 무척이나 심각한 것처럼 보인다. 그 거리감이란 초월이나 형이상학의 사유에 근거한 것이라기보다는 실존의 문제와 밀접하게 관계가 있는 것이 아닐까 하는 의심이 든다.

달리고 있었다
눌리는 현기증에 명치끝 아려 와도
소리에 귀 기울이며
혼돈에 온몸 요동을 친다
수없이 헝클어진 내 안의 뿌리
끝없이 달렸지만
난, 그 안에 있었다

소리치고 있었다
가슴속 핏덩이가
무게 되어 달려와도
인내의 쓰라림으로
구석구석 채찍질하며
내 안에 쏟아지는 빗줄기
끝없이 소리쳐도
난, 그 안에 있었다

어둠 이고 달리는 욕망의 내력들

-「바퀴」 전문

시인이 감각하는 정서의 억눌림이랄까 암울함은 이 작품 속에 어느 정도 그 해법이 드러나 있는 듯하다. 우선 이 작품을 이끌어가는 중심 소재는 '바퀴' 와 '소리' 이다. 바퀴는 무엇을 감당하면서 전진하는 속성을 갖고 있다. 이를 시인의 처지로 환기하면, 존재 그 자체의 모습이라고 해도 무방한 경우이다. 바퀴로 은유화된 시인의 삶이랄까 정서는 이렇듯 고난을 짊어진 모습이고, 또 그 짐을 껴안은 채 앞으로만 앞으로만 나아가야 하는 숙명을 포지한 모습 같은 것이다. 수없이 엉클어진 내 안의 뿌리를 찾기 위해서, 가지런히 하기 위해서 거침없이 달려왔지만, 시인은 여전히 그 안에 갇혀 있는 자신을 발견하고 마는 것이다.

또 다른 소재인 '소리' 의 경우도 마찬가지이다. 이

작품의 문면을 그대로 받아들이면 이 '소리'는 시인이 내뿜는 것이다. 시인의 정서에 녹아있는 응어리는 쉽게 사라지지 않는 것들이다. "가슴속 핏덩이가" 되어 있을 정도로 그것은 한이 맺혀 있고, 응결지어진 것이기 때문이다. 그것을 인내의 고통 속에서 견뎌보지만, 이로부터 벗어날 길은 녹록지 않다. 그래서 시인은 실존의 고통을 표출시킨다. 그 어두운 정서의 감옥으로부터 탈출하기 위해 소리를 지르는 것이다. 그러나 '바퀴'와 마찬가지로 시인은 그 '소리'를 매개로 인식의 새로운 발전 단계로 나아가려 하지만 여전히 그 안에 머물러 있는 자신을 발견하고 마는 것이다.

초침의 떨림 위로 눌러앉은 오후
구름에 가린 태양은 붉은 화장을 지우며
또 하나의 시간 속에 노을을 뿌린다
계룡산 정상에서 흔들리는 붉은 낙엽
고요 속에 풍덩, 균형을 잃고 쓰러진다
꾹꾹 눌러 토닥 토닥 다지던 검은 기억
캄캄한 머릿속에 일제히 재배치된다
차가운 심장의 떨림 부추기는
요란한 종소리 이리 뛰고 저리 뛴다
때론 빗속에 울부짖는 암고양이처럼
때론 세차게 몰아치는 성난 파도처럼
가끔 공중분해 시도하는 그 소리 움켜쥐고
계룡산 산허리를 밟고 또 밟는다

수없이 쌓였을 발자국 위로
버리고 버리고 또 버려도
쉼 없이 이어지는 소리, 소리들
계룡산 풀들에게 속삭인 종소리
가만히 가슴속에 똬리를 트는 소리
산 중턱 깊이깊이 묻어둔 소리
어느새 집안까지 쫓아온 소리

-「가을 산행」 전문

이 작품 역시 존재의 불완전성이나 실존의 고통 속에서 허우적거리는 모습이 잘 드러나 있다. 이런 면에서 「가을 산행」은 「바퀴」의 연장선에 놓여 있는 경우이다. 이 작품을 이끌어가는 중심 소재 역시 「바퀴」와 마찬가지로 '소리' 의 감각이다.

서정적 자아는 아주 평범하지만 또 그렇지 않은 가을 산행을 떠난다. 평범하다는 것은 산행이 심신의 단련과 관계있다는 뜻이고, 그렇지 않다는 것은 그의 행보가 수양의 정서로부터 자유롭지 않다는 뜻일 것이다. 산행은 이 두 가지 목적이 동반되는 것이겠지만, 시인의 목적은 일차적으로 "꾹꾹 눌러 토닥 토닥 다지던 검은 기억"을 지우기 위해 시도된다. 시인의 머릿속은 복잡하고, 정돈되지 못한 그 무엇이 짓누르고 있는 암울한 상태이다. 건강한 자아, 완전한 자아가 되기 위해서는 실타래처럼 얽혀 있는 정서 속에 펼쳐져 있는 어두운 그림자를 걷어내야 한다. 그것이 그의 산행 목적이다.

그러한 까닭에 산행의 도정은 수양의 절차가 엄숙히 따르게 된다. "계룡산 산허리를 밟고 또 밟으며" 무엇을 버리고 또 버리려 하는 것이다. 버리는 것은 포기하는 것이고, 궁극에는 욕망하지 않는 것이 된다. 수양을 비움의 과정으로 비유하는 것도 이 때문인데, 이런 윤리적, 도덕적 기준에 따르게 되면, 시인의 행보도 여기서 크게 벗어나지 않는 것이라 할 수 있다. 그러나 비우는 과정, 곧 욕망을 포기하는 과정은 시인에게 매우 특별한 것으로 사유된다. 그것이 이 시인만의 특이성, 혹은 고유성이라 할 수 있는데, 그것은 바로 '소리'의 감각이다.

이 시인의 작품 세계에서 소리 감각은 무척이나 중요한 기제로 자리한다. 「바퀴」의 경우 소리는 시인 자신으로부터 나온 것이다. 어떤 불가해한 감옥으로부터 벗어나고자 시인은 '소리'를 통해서 발산하고자 했던 것이다. 그러나 「가을 산행」의 소리는 시인 자신의 목소리는 아니다. 그것은 바깥에서 들려오는 소리이기 때문이다. 그것은 시인에게 건강성이 담보되는 소리가 아니라 불온의 소리에 가까운 것이다. 그 소리로부터 자유로워야 비로소 산행의 목적이 달성될 것이다. 곧 존재의 완성을 위해 나아갈 수 있는 윤리적 감각이 회

복되는 것이다. 그러나 그 소리는 견고해서 여기서 벗어나기란 쉽지 않다. "산 중턱 깊이 깊이 묻어두"려 했지만, 그 소리는 거기서 끝나지 않고 "어느새 집안까지 쫓아온 소리"가 되었기 때문이다. 따라서 시인의 곁에서 맴도는 소리란 실존의 고통으로부터 벗어나는 길이 결코 쉽지 않음을 일러주는 단적인 근거가 된다고 할 수 있다.

2. 새로운 탄생을 예비하는 묵시로서의 겨울 이미지

이혜경 시인은 현실로부터 날고 싶다. 그를 괴롭혔던 실존의 조건으로부터, 존재의 불완전함으로부터, 그리고 과거의 어두운 기억으로부터 벗어나고 싶다. 1930년대 「날개」의 이상이 갇힌 상자로부터 탈출하고 싶어 했던 것처럼, 이 시인도 자신을 둘러싼 감옥으로부터 벗어나고 싶었던 것이다. 하지만 자신을 맴돌고 있는 '소리'에 갇혀서 거기를 벗어나는 것이 결코 쉽지 않다.

시인은 자신이 처한 이런 상황을 설명할 이미지 곧 객관적 이미지를 찾아 떠난다. 그 사유의 끝에서 만난 것이 '겨울' 이미지이다. 신화적 의미에서 보면 겨울이란 죽음의 계절이다. 적어도 봄이 오기까지는 모든 것이 멈춰 있고, 생명의 약동은 불가능하기 때문이다. 그렇기에 그것이 시대적 자장 속으로 편입되게 되면, 동토의 계절, 불임의 계절로 비유된다. 일제 강점기를 겨울로 비유했던 이육사의 「절정」에서 그러한 겨울 이미지를 잘 읽어낼 수 있다. 이혜경 시인의 작품 세계에서 많이 등장하는 것 가운데 하나가 '소리'의 감각이었다면, 겨울 이미지 역시 그에 못지않은 빈도수를 갖고 있다. 그만큼 시인에게 '겨울'이 갖는 함의는 깊고 큰 정서의 진폭을 갖고 있었던 것이다.

숲이 욕망의 역사를 잠시 내려놓자
꽃들의 추억과 나무들의 기억을 더듬으며
낙엽들이 차곡차곡 몸을 뉘었다
오늘따라 짙푸른
저 하늘 위로 바람이 기지개를 펴니
남으로 북으로 앞 다투어 사라지는 시간의 흔적들
기억의 집에 숨어
새로운 탄생을 기약하는 우리의 욕망은
시간의 끝자락에서
웃음도 술잔도 모두 비우고 묵은 한해를 마무리한다
나무들은
한동안의 침묵으로 뿌리에 온 힘을 집중시킨다
하얀 눈 속에 소곤소곤
살아있는 것들의 변주곡
겨울산의 묵시가 예사롭지 않다

-「겨울산」 전문

이 작품은 시간의 서사가 잘 구현된 시이다. 시간의 서사라 했지만 오히려 시간의 질서라 하는 것이 보다 옳은 표현일 것이다. "숲이 욕망의 역사를 잠시 내려놓자/꽃들의 추억과 나무들의 기억을 더듬으며/낙엽들이 차곡차곡 몸을 뉘었다"에서 보듯 시간의 순차적 질서가 잘 드러나 있는 까닭이다. 이 질서에 따라 겨울은 시작될 것이고, 또 신화적 의미에서 그 겨울은 죽음의 순간이라 할 수 있을 것이다. 물론 겨울 다음에 봄이 온다는 것, 곧 새로운 생명이 시작되기 전이라는 측면에서 겨울을 소멸이나 죽음의 의미로만 한정시키기는 어려울 것이다.

겨울이 갖는 이런 이중적 함의 가운데, 이혜경 시인이 특히 강조하는 것은 새로운 생명의 예비, 곧 시인의 표현대로 하면, 묵시록적인 측면일 것이다. 시인은 한 해를 마무리하는 겨울, 모든 것이 잠드는 겨울을 결코 생동성이 없는 불활성의 국면으로 해석하지 않는다. 이는 「겨울산」에서 확인할 수 있는데, 시인은 겨울의 시간적 질서를 "살아있는 것들의 변주곡"으로 이해하고 있거니와 더 중요한 것은 "겨울산의 묵시가 예사롭지 않다"고 단언하고 있다는 점이다. 시인에게 겨울은 종말이 아니라 새로운 생명을 예비하는 묵시록적인 예언의 장으로 굳게 자리한다. 겨울에 대한 이러한 이해야말로 이 시인만의 득의의 영역이 아닐 수 없는데, 그만큼 시인은 자신을 짓누르고 있던 어두운 과거의 기억, 불운한 서정적 사실로부터 벗어나고자 하는 의지가 강했던 것으로 보인다.

그리고 겨울을 재생이나 소생의 이미지로 한정시키고자 한 시인의 서정적 정열을 이해할 수 있는 또 다른 예증은 바로 '뿌리'의 이미지에서 찾을 수 있다. '뿌리'란 근원이고 새 생명의 발원지이다. 만약 그것이 없다면 생명은 더 이상 생명으로서의 가치, 존재의 가치를 상실하게 된다. 새로운 생명을 예비하기 위해서는 무엇보다 근원이 강하고 확실해야 한다. 다시 말해 '뿌리'가 굳건히 서야 하는 것이다. "한동안의 침묵으로 뿌리에 온 힘을 집중시킨다"라고 한 것은 생명에 대한 가열찬 의지, 바로 서정적 결단이 있었기에 가능했다.

여린 살갗 뚫고
무수히 박혀있는
얼음꽃

뿌리속
흔들리는 열망
따스함에 대한
목마름

어둠의 저 끝에

피어난
가슴속 쪽빛 메아리

-「복수초」 전문

짧은 서정 단편에 불과하지만 이 작품이 함의하는 것은 대단히 크고 깊다고 할 수 있다. 이 작품을 지배하는 아우라 역시 겨울이다. 하지만 그 겨울은 생명의 종착역이 아니라 새로운 생명이 탄생하는 예비된 공간이다. 「겨울산」의 겨울과 동일한 음역이다. 그런데 겨울의 묵시록적인 이미지를 한층 강화시켜주는 것이 바로 '뿌리' 이다. 시인은 보이지 않는 곳을 볼 수 있는, 투과력을 갖춘 눈을 가진 존재처럼 땅 속을 더듬어 들어간다. 땅은 모성적 공간이기도 하지만, 그 땅 속에서 새로운 생명을 예비하고 있는 '뿌리' 가 있기에 중요하다고 이해한다. 거기에는 "흔들리는 열망" 이 있고 "따스함에 대한 목마름" 이 있는 까닭이다. 열망이나 목마름이란 새로운 생명으로 탄생하기 위한 가열찬 욕구일 것이다.

'뿌리' 는 겉만 보아서는 그것이 살아있는 것인지 혹은 죽어있는 것인지 판단하기 어렵다. 그러나 시인은 그것이 결코 죽지 않은 것임을 확신한다. 이런 확신이 없고서야 어찌 겨울을 새생명에 대한 묵시록으로 예언할 수 있겠는가. 그렇기에 '뿌리' 는 결코 죽지 않은 것이 된다. 심지어 눈 속에 갇힌 설해목(雪害木)조차 죽은 나무로 사유하지 않는다.

긴 이야기를 간직하던 설해목(雪害木)
끝내 땅 위로 몸을 뉘었다
숲 속을 떠도는 시냇물 따라
흙으로 돌아가는 수많은 진실들
땅속 깊이 돌고 도는 겨울 산의 침묵 속에
봄바람이 살며시 고개를 내민다
빛과 어둠 한 몸에 지닌 채
생을 길어 올려야만 하는 푸른 새싹들
그들의 아우성이 나뭇가지를 흔들고
그들의 아우성이 온 산에 메아리친다
아득하게 뻗어 있는 시간의 무덤 속으로
수선화의 환한 웃음이 고개를 숙인다
우리의 가슴속에 온종일 메아리치는
태극기의 함성
그녀의 진실과 사랑은
겨울 산의 침묵 속에 갇혀 버렸다

-「침묵」 전문

겨울 속의 나무는 죽어있는 것이 아니다. 그 죽음이 설사 물리적인 영역에서는 사실일지 모르지만 시인은 그 나무를 결코 죽은 나무로 사유하지 않는다. 그 나무는 봄이 되면 새 생명을 예비한 살아 있는 나무이기 때문이다. 죽음은 시인에게 그 자체로 끝나는 것이 아니다. 그렇기에 어둠도 어둠 그 자체에서만 머무르지 않는다. 따라서 설해목(雪害木)은 겨울의 또 다른 묵시록이라 할 수 있다.

이렇듯 시인은 종말이나 마지막을 이야기하지 않는다. 그리고 결코 그런 진리를 믿지 않는다. 만약 그것을 수용한다면, 새로운 탄생이나 존재의 전이란 결코 일어나지 않을 것이다. 시인은 과거의 어두운 그늘에 갇혀서 실존의 그물 속에 규정되어 있는 자아를 단호히 거부한다. 시인의 작품 속에는 과거의 아픈 기억이 서정의 중요한 샘으로 자리하고 있지만, 시인은 거기에 구속되지 않는 것이다. 그래서 시인은 이 샘을 서정의 열정으로 승화하여 새로운 단계, 새로운 생명을 꿈꾸기 시작한다. 그에게 마지막이나 종착역은 결코 있을 수가 없는 까닭이다.

입 꽉 다문 겨울 산의 묵시가
윙윙 거리는 종소리를 등에 업고 아우성이다
차마 버릴 수 없는 시간들이
기억 속에 대롱대롱 매달려 아우성이다
시와 소설이 넘쳐난다며 겨울바람이 소곤거리자
우리의 생이 자꾸만 자꾸만 삐그덕거린다
실 같은 상처 사이로 종소리가 흐느적거린다
허공 속에 손을 흔드는 반성과 고뇌의 오래된 기억
새해의 태양이 준비운동으로 분주해지기 시작했다

마음을 가로채며 이제 곧, 부딪치는 시간들이 새로워지리라

-「제야의 종소리」 전문

제야의 종소리가 울리는 것은 한해의 끝과 새로운 해가 시작되는 지점에서이다. 물론 시인이 관심을 갖고 있는 것은 종말이 아니라 시작이다. 그러한 출발을 더욱 부채질하는 것이 '새해의 태양' 이다. 시인이 이 작품에서 중요한 방점을 찍은 것은 "입 꽉 다문 겨울 산의 묵시"이다. 앞서 언급대로 겨울은 끝이 아니고 죽음이 아니다. 그렇기에 시인은 겨울을 '묵시' 라는 정서로 환기하는 것이다.

그리고 그러한 정서를 더욱 확대시켜 준 것이 '제야의 종소리' 이다. 겨울과 제야의 종소리, 어둠 등등이 어우러져 모든 일상이 종말의 시간, 죽음의 시간으로 질주할 때, 시간은 결코 그 시간 속에 함몰되지 않는다. 시인은 거기서 종말이 아니라 새로움을, 탄생을 읽어낸다. 닫힌 공간, 닫힌 자아의 세계에서 머물러 있지 않고, 열린 공간, 열린 자아를 위해서 생명의 줄에 자신을 굳세게 매달고 있는 것이다.

3. 치유의 장, 우주의 열린 공간으로

이혜경 시인의 작품에서 드러나는 상징의 장이나 은

유의 파동들은 무척 다채롭다. 뿌리라든가, 설해목, 소리 등등에서 볼 수 있는 것처럼, 시인의 작품 세계에서 드러나는 비유의 장들은 다양하게 형성되고 있었던 것이다. 그 의장들은 시의 형식을 보완하는 형식적인 장치에서 벗어나 시 세계를 형성하는 중요한 의장으로 기능하고 있었다. 그러한 의장 가운데 시인은 전략적인 이미지로 '소리'의 감각을 주목한 바 있다. 실제로 시인의 작품에서 소리의 감각은 다양하게 변주되어 나타난다. 수양의 도정과 대비되는 불온의 정서로 환기되는가 하면, 시인의 내부에 응결된 부정의 정서를 해소하는 수단으로 차용하기도 했다. 그러나 시인에게 중요한 소리의 감각은 후자가 아니라 전자에 가까운 경우이다. 시인의 자의식과 불화되는, 소리의 껄끄러운 음성으로부터 결코 자유롭지 않은 까닭이다.

앞서 언급대로, 시인의 작품 세계를 지배하는 정서는 좌절로 채색된 것이 아니었다. 이를 단적으로 보여주는 것이 바로 겨울의 이미지였다. 겨울은 죽음이나 종말이 아니라 새로운 생명을 예비하는 묵시록적인 계시로 받아들여지고 있기 때문이다. 이런 감각을 토대로 시인 역시 새로운 정서를 예비하는 단계로 나아가기 시작했다. 그 일차적인 변화가 시작된 것 역시 '소리'의 감각에서 찾을 수 있다.

목적지를 입력했어요
태양으로부터 점점 멀어지네요
칠흑같은 어둠과 안개 속에서
그 누구보다 빨리 희망을 지워버렸어요
언제나 한결같은 거울의 오만함과
위아래도 없는 시간의 권력 따윈
스쳐가는 바람의 곡선 속으로 던져버렸어요
오늘도 어김없이 떠들어대는
그녀의 자음과 모음은
넓은 세상을 하염없이 찾아 헤매야 하는
숙명을 버리라고 해요
아파트 9층 베란다 아래선
죽음의 그림자가
세상에서 가장 겸허한 자세로 양손을 벌리곤 하죠
화려한 명함이 번지 점프를 시도하는 동안
차마 못다한 생각들이 저승 문턱에서 서성이네요
삶이 죽음을 껴안고 놓아주지 않으려고
아이들의 웃음소리를 지천에 뿌렸어요

"경로를 이탈하였습니다"
"안전 운전하세요"

-「네비게이션」 전문

이 작품을 지배하는 것은 짙은 페이소스, 곧 좌절과 절망의 정서이다. 내비게이션이란 알 수 없는 길을 인도해주는 안내자이다. 그런 역할은 이 작품에서도 크게 벗어나지 않는다. 그러나 작품 속의 목적지는 일상에서 알 수 있는 공간이 아니다. "태양으로부터 점점 멀어지는 곳"이거나 "칠흑같은 어둠과 안개"로 덮인 곳이기 때문이다. 어떻든 목적지가 입력이 되었으니, 이를 인도하는 자음과 모음의 목소리는 멈추지 않고 흘러나오게 된다. 그러나 그것은 건강한 목소리가 아니다. 건강한 주체에 의해 입력되지 않은 소리이기에 내비게이션의 목소리도 그러한 건강성과는 거리가 있다.

그러나 그런 상황 속에서 새로운 반전이 일어난다. 삶이 죽음을 껴안고 놓아주지 않으려 하는 순간에 "아이들의 웃음소리"가 들려오기 때문이다. 이 음성은 철모르는 소리, 현실로부터 떨어져 있는 관념의 소리가 아니다. 시적 자아를 부정의 늪에서 구원해줄 생명의 목소리, 구원의 목소리이기 때문이다. 아이들의 목소리란 전일성이 담보된 구원의 목소리로 흔히 알려져 있다. 아이들은 인간의 전일성이 온전히 보존된 주체들이기 때문이다. 그렇기에 유아적 상태로 되돌아가는 것은 건강한 동일성을 확보하는 긍정적 전략 가운데 하나로 받아들여진다. 시인은 자신의 의식을 분산시키고 파편화시키는 소리의 늪에서 구원의 소리를 듣는 것이다. 아이들의 음성은 여러 갈래로 흩어져 있는 이질적인 갈래들을 하나로 모으는, 그리하여 건강한 주체로 거듭 태어나게 한다.

그 새로운 탄생의 결과가 "경로를 이탈하였습니다/

안전 운전하세요"라는 응답으로 메아리쳐 들려온다. 이 음성이 발산됨으로서 시인은 이제 자신을 괴롭혔던 분열의 정서로부터 어느 정도 해방되기에 이른다. 겨울이 죽음이 아니듯이 이제 소리의 감각도 불온이 아니라 긍정으로 다가오는 것이다. 그 소리가 생명의 소리, 구원의 소리였던 것이다. 이제 소리는 더 이상 시인의 신경을 거슬리는 까칠한 대상이 아니다. 오히려 그것은 순화되고 정화되어 시인의 분열된 자의식을 제어하는 긍정적 매개로 자리하기 시작한다.

겨우내
모든 시선을 지우고
아파트 담장에 기대어
숨결을 잠재우던 고사목
봄바람이 손사래를 치며
나뭇가지를 흔들자
시커먼 밑둥에 파란 싹 하나가
고개를 내민다
어둠을 머리에 이고 누우니
노란 꽃의 추억이 그리웠을까
수런거리는 봄비가 반가웠을까
파란 싹의 아우성이
집안까지 쫓아와
내 마음에 앉는다

-「산수유나무」 전문

이 작품은 기나긴 사유의 도정을 거쳐 온 시인의 온갖 자의식들이 모두 적나라하게 드러난 경우이다. 가령, 그의 전략적 이미지들인 겨울이라든가, 고사목, 소리의 감각 등이 모두 동원되고 있는 것이다. 그럼에도 이런 이질적 소재들은 각자의 고유성을 매개로 시의 의미를, 곧 시인의 자의식을 분산시키는 의장으로 기능하지 않는다. 오히려 이런 이질적 소재들이 존재의 동일성을 향해 나아가는 시인의 정서 속에 모두 수용됨으로써 자기 수양이라는 윤리적 절차랄까 도정 속으로 모두 수렴되고 있는 것이다.

겨울은 종말이나 죽음이 아니라고 했거니와 이 작품에서도 그것은 재생의 상징, 묵시록적인 상징으로 이해된다. 그것은 고사목을 키워내는 생명의 샘이며, 봄의 따듯한 바람을 불러일으키는 매개가 되기도 한다. 뿐만 아니라 시커먼 밑둥에서 새 생명의 싹을 틔우기도 하고 생명의 중심인 봄비를 몰고 오기도 한다.

한편, 봄이 가져오는 생명의 향기는 이내 아우성으로 뒤바뀐다. 그러나 이 아우성은 「네비게이션」의 아이들 웃음소리와 등가관계에 놓여있다는 점에서 주목을 요하는 경우이다. 그런 면에서 "파란 싹의 아우성"이라는 공감적 표현은 이 시인의 작품 세계를 이해하는 데 있어 매우 시사적이다. 아우성이 푸른색의 이미지로 새롭게 탄생하는 것인데, 이런 존재의 변이야말로 자신을 괴롭혔던 소리 감각이 이제는 더 이상 시인 자신으로부터 이질적인 요소가 아님을 알게 해주는 사건이라 할 수 있을 것이다.

'파란 싹의 아우성'은 분열의 매개가 아니라 치유의 근간이기에 '집안까지', 그리고 '내 마음에까지' 스며들어온다. 자아의 심연에까지 가라앉는 소리는 자아에게 더 이상 일탈의 정서를 불러일으키는 매개가 아니다. 오히려 그 반대의 경우이다. 분열된 정서와 암울한 기억으로부터 자아를 구원의 길로 인도하는 묵시록적인 음성으로 기능하기 때문이다. 이제 시인에게 들려오는 소리는 건강한 소리뿐이다. 자아를 불행의 늪이나 알 수 없는 공포의 지대로 이끌던 내비게이션은 더 이상 존재하지 않는다. 만약 그러하다면 심연 속에 자리한 건강한 음성, 곧 일상의 내비게이션은 "경로를 이탈하였습니다/안전 운전하세요"라는 경고를 할 것이기 때문이다.

차가운 냉기가 어둠을 모으고
흰눈이 조용히 펑펑 쏟아진다
침묵을 품고 순백의 모습으로
메타세콰이어가 우뚝 서 있다
길을 알 수 없는 생각들이
내면으로 스며든다
쓰다만 문장들이 하얗게 사라진다

눈 내리는 소리에 귀를 연다
생각을 지우고 두 손을 모으니
온 세상이 하얗게 가슴까지 스민다
아주 조용히
메타세쾨이어와 하나가 된다

-「첫눈」 전문

이제 소리는 시인에게 이질적인 것이 아니다. 그것은 긍정의 메시지이고 구원의 전언인데, 그런 소리의 감각은 이 작품에서도 예외가 아니다. 시인은 가만히 눈 내리는 소리를 듣는다. 그 소리는 무척이나 정밀하고 아름다운 소리이기에 시인의 자의식 속으로 조용히 스며든다. 만약 그렇지 않다면, 그것은 시인의 내면으로 결코 들어올 수 없을 것이다. 이질적인 소리들이 북적이는 내면에 또 다른 소리가 들어온다면, 그것은 시인의 자의식을 불안과 공포의 늪으로 빠져들게 할 것이다.

시인은 '자신이 누구인가'에 대해 끊임없는 고민을 거듭해왔다. 어지러운 소리, 자신의 자의식을 갉아먹는 소음으로부터 허우적거렸고, 아름답지 못했던 과거의 기억, 불행한 개인사들이 겹쳐지면서 십자로에 서 있는 듯한 방황의 주체로 스스로를 인식하고 있었던 터이다. 그러나 나아갈 방향이 닫혀 있는 혼돈의 현장에서도 시인은 이로부터 탈출해야 할 욕망을 꾸준히 불태우고 있었다. 그 탐색의 결과가 삶에 대한 긍정성, 미래에 대한 가열찬 희망, 유토피아에 대한 열정 등등이었다. 그 탐색의 도정에서 시인이 만난 것이 건강한 소리, 곧 긍정의 메시지였다. 이 소리는 시인의 정서를 하나의 계선으로 묶어내는 동일성의 음성 같은 것이었다.

시인은 아이들의 해맑은 웃음소리, 자연의 정밀한 소리에 비로소 귀를 기울임으로써 생명의 소리, 자연의 소리를 이해하기 시작했다. 그 건강한 소리가 자신의 내면에 자리함으로써 그는 불행했던 기억으로부터 벗어날 수 있었다. 소리를 통해 맺어진 건강한 자연과의 아름다운 만남을 통해서 시인에게 그 희망의 장이 열리기 시작한 것이다. 「첫눈」은 그러한 도정을 잘 보여준 작품이며, 시인은 이렇게 자연을 통해 분열된 음성, 부정의 소리로부터 자유로워질 수 있었다. 그 긍정의 소리와 하나가 됨으로써 시인의 건강한 자의식, 새로운 삶이 시작된 것이다. 그러한 도정을 감각적으로 읽어내고 이를 자기화한 것이 이번 시집이 갖는 의의라 하겠다.

시와정신시인선 30

풍경이 다시 분주해진다

초판 1쇄 | 2019년 11월 15일

지 은 이 | 이혜경
펴 낸 곳 | **시와정신**
주 소 | (34445) 대전광역시 대덕구 대전로1019번길 28-7
신창회관 2층
전 화 | (042) 320-7845
전 송 | 0507-713-7314
홈페이지 | www.siwajeongsin.com
전자우편 | siwajeongsin@hanmail.net
편 집 | 정우석 010_9613_1010
공 급 처 | (주)북센 (031) 955-6777

ISBN 979-11-89282-20-2 03810

값 9,000원

· 이 사업은 대전광역시, (재)대전문화재단에서 사업비 일부를
지원받았습니다.

대전문화재단